Knut

La historia del osito polar que cautivó al mundo entero

Narrada por **Juliana, Isabella** *y* **Craig Hatkoff**
y el **Dr. Gerald R. Uhlich**

SCHOLASTIC INC.

NEW YORK • TORONTO • LONDON • AUCKLAND • SYDNEY
MEXICO CITY • NEW DELHI • HONG KONG • BUENOS AIRES

Nos gustaría agradecer a Thomas Dörflein y André Schüle por su increíble dedicación durante la crianza de Knut, así como a todas las personas del Zoológico de Berlín que contribuyeron en dicho esfuerzo. También agradecemos a Lauren Thompson su contribución a este libro y a Robert Buchanan y Barbara Nielsen de la Polar Bears International por su cuidadosa lectura del manuscrito.

Published simultaneously in English as
Knut: How One Little Polar Bear Captivated the World

Text © 2008 by Turtle Pond Publications LLC and Zoologischer Garten Berlin AG
Compilation of text and photographs © 2008 by Turtle Pond Publications LLC and Zoologischer Garten Berlin AG
Photos pages 7, 10, 13, 14, 15, 16, 17, 18, 19, 21, 27, 30, 32 © 2006, 2007 Zoo Berlin / Peter Griesbach; photo page 20 © 2007 Zoo Berlin / André Schüle; photos pages 4, 22, 28 © Sean Gallup/Getty Images; photo page 8 © Rainer Jensen/epa/Corbis; photo page 23 © Arnd Wiegmann/Reuters/Corbis; photos pages 24, 29 © Andreas Rentz/Getty Images; photos pages 25, 26 © Marcus Brandt/AFP/Getty Images; photo page 31 © John Macdougall/AFP/Getty Images; photo page 34 © Hinrich Baesemann/dpa/Corbis

Library of Congress Cataloging-in-Publication Data

Knut : how one little polar bear captivated the world / told by Isabella, Juliana, and Craig Hatkoff, and Gerald R. Uhlich ;
with photographs by Zoo Berlin.

p. cm.

ISBN-13: 978-0-545-05658-8
ISBN-10: 0-545-05658-6

1. Knut (Polar bear)—Juvenile literature. 2. Polar bear—Germany—Berlin—Biography—Juvenile literature.
3. Zoo animals—Germany—Berlin—Biography—Juvenile literature. 4. Zoologischer Garten (Berlin, Germany)—Juvenile literature.
I. Hatkoff, Isabella. II. Zoologischer Garten (Berlin, Germany)

SF408.6.P64K68 2007
599.786092'9—dc22
2007021379

10 9 8 7 6 5 4 3 2 1   07 08 09 10 11
Printed in the U.S.A.   08
First Spanish Edition, December 2007
Book design by Becky Terhune

RESPECT
HABITATS.
KNUT

Queridos amigos:

Recientemente tuve la gran suerte de escribir junto con mi pequeña hija Isabella la verdadera historia de Owen, un hipopótamo huérfano de Kenia que fue protegido y cuidado por una tortuga gigante llamada Mzee después del tsunami asiático. Cuando nuestra familia supo de la historia de otro animal huérfano, Knut, el oso polar más tierno y lindo del mundo, Isabella y yo, junto con mi hija mayor, Juliana, pensamos que también debíamos contar esa historia. Knut sobrevivió no solo gracias a la perseverancia de un cuidador del Zoológico de Berlín llamado Thomas Dörflein, sino también gracias a todas las personas que trabajan en ese zoológico. El hombre ayuda al animal a sobrevivir, ¡qué metáfora tan hermosa y oportuna sobre el medio ambiente!

Mientras la historia de Knut y sus fotografías recorrían el globo, este osito polar se convirtió de la noche a la mañana en un símbolo internacional de la responsabilidad que tenemos de proteger el medio ambiente. Knut se ganó el cariño de muchas personas en todo el mundo y parecía que este pequeño oso polar podía ayudar a "despolarizar" el tan debatido tema del calentamiento global. En un mundo donde el hábitat de los osos polares se está reduciendo rápidamente, Knut nos ha mostrado lo que estamos en peligro de perder. El ejemplo de Knut nos urge a buscar una solución práctica a la problemática del medio ambiente, una que sea justa y equitativa para todos aquellos que forman parte del rompecabezas que es el medio ambiente y que todos debemos ayudar a componer. Knut deja bien claro que todos nosotros respiramos el mismo aire y nos anima a proteger el hábitat de los osos polares. Si conseguimos que la historia de Knut llegue a su corazón, quizás los nietos de este osito puedan ser honrados algún día como los descendientes del osezno que hizo de este un mundo mejor.

Craig Hatkoff

Isabella Hatkoff

Juliana Hatkoff

Un osezno nació una tarde de diciembre en un rincón cálido y oscuro del Zoológico de Berlín. El osito era tan pequeño que un niño habría podido arrullarlo. Tenía los ojos completamente cerrados y a través del pelaje blanco se podía ver su piel rosada. Era un osezno polar diminuto, pero en poco tiempo, iba a llegar a los corazones de millones de personas de todo el mundo.

Su nombre es Knut y esta es su historia.

Knut nació el 5 de diciembre de 2006 en el Zoológico de Berlín, uno de los zoológicos más grandes y respetados de todo el mundo. Cuando la mamá de Knut, Tosca, parió dos oseznos sanos y fuertes, a su cuidado estaban Thomas Dörflein, el encargado principal de los osos, y André Schüle, uno de los veterinarios. Ambos estaban muy nerviosos. Los animales salvajes no siempre saben cómo criar a sus bebés. Si Tosca no lograba ser una buena madre para los cachorros, Thomas y André tendrían que criarlos ellos mismos. Thomas y André observaron a Tosca detenidamente y, al cabo de cinco horas, se dieron cuenta de que ella no prestaba mucha atención a sus oseznos. Entonces, Thomas los agarró y los llevó rápidamente a una habitación pequeña. Esta habitación se convertiría en su primer hogar.

Pusieron a los oseznos en una incubadora, que es una cama pequeña que da calor. Thomas les dio su primer biberón a los oseznos y, a partir de ese momento, su vida cambió. En los meses siguientes, se dedicó a ser un padre adoptivo día y noche.

Las guaridas naturales pueden mantenerse muy abrigadas (algunas llegan a los 95 grados Fahrenheit), de manera que Thomas se encargó de que Knut estuviera calentito.

En un principio, nadie les puso nombre a los cachorros porque muchos animales mueren al poco tiempo de nacidos. Desafortunadamente, cuatro días después del nacimiento, uno de ellos desarrolló una fiebre muy alta. Al cabo de unas pocas horas, había muerto. Fue algo muy triste. Pero Thomas y André sabían que habían hecho todo lo que estaba en su poder. Ahora debían poner toda su atención en el cuidado del otro bebé.

André visitaba al osezno varias veces al día, pero Thomas era quien se encargaba de todas sus necesidades. El osezno solamente podía beber unas cuatro cucharadas de leche especial en cada toma. Al cabo de dos horas, volvía a aullar de hambre. Así que Thomas hervía agua día y noche, preparaba la fórmula de la leche y le daba el biberón al osezno antes de dejarlo nuevamente en la incubadora. También limpiaba la cama de Knut y esterilizaba los biberones. Thomas tomaba siestas cuando podía.

Era una rutina muy dura, pero Thomas estaba dispuesto a lo que fuera para que el osezno saliera adelante. Llegó incluso a poner una cama en la habitación del osezno para no alejarse de él.

Las mamás de los osos polares peinan a sus cachorros constantemente, y a Thomas le gustaba acariciar y consentir a Knut tanto como fuera posible.

Semana tras semana, el osezno tenía el pelaje más tupido, la panza más grande y el cuerpo más fuerte. Todo a su alrededor parecía captar la atención de sus ojos negros. Thomas continuó alimentándolo cada cuatro horas hasta que cumplió las cuatro semanas. También lo bañaba, lo cepillaba y lo frotaba con aceite para bebés. Llegó incluso a tocar canciones de Elvis en la guitarra para él. Thomas estaba muy, muy cansado de tanto trabajar, pero se encariñó con el osezno como si fuera su propio bebé. Y el osezno se hizo fuerte.

El pequeño se convirtió en la parte más importante de la vida de Thomas. Pero él extrañaba a su propia familia: extrañaba a Daniela, su compañera, y a Silvestre, el hijo de ella de cinco años. Ellos también lo extrañaban. Pero estaban orgullosos de él y lo visitaban todos los días, y en Nochebuena, llevaron al zoológico una cena muy elegante, con regalos y un árbol de Navidad. El amor de su familia ayudó a que Thomas no se desanimara.

Finalmente, cuando el osezno cumplió 32 días, Thomas decidió que podía ponerle nombre. A él le parecía que el osezno tenía cara de Knut, así que le puso Knut.

Antes de que naciera Knut, Thomas crió a un osezno de oso pardo y una cría de lobo.

Aun cuando están pequeñitos, los osos polares tienen uñas largas.

Thomas y André utilizaron lo que sabían de los osos polares para cuidar de Knut. Cuando Knut se volvió muy grande para la incubadora, construyeron una cuna de madera del tamaño de un baúl de juguetes grande, que es más o menos el tamaño que tienen las guaridas que hacen las mamás oso para sus bebés. Mantuvieron la habitación templada y oscura, ya que los oseznos polares no abandonan su guarida ni tampoco se exponen a los rayos del sol ni al frío hasta que tienen casi tres meses de nacidos. Y como las mamás oso se quedan junto a los oseznos hasta esa edad, Thomas se quedó con Knut casi todo el tiempo. De hecho, Thomas no salió del zoológico hasta que Knut cumplió los cuatro meses de nacido, y lo hizo únicamente por tres días.

Mientras tanto, Knut ya tenía miles de amigos fuera del zoológico. La gente de Berlín y, al poco tiempo, la gente de toda Alemania, se enamoró del "Eisbärbaby Knut" y su padre adoptivo, Thomas. Muchísima gente se moría por visitar a Knut en el zoológico, pero los encargados creían que Knut era demasiado joven para aparecer en público.

Al igual que los bebés humanos, Knut solía despertar a Thomas varias veces cada noche.

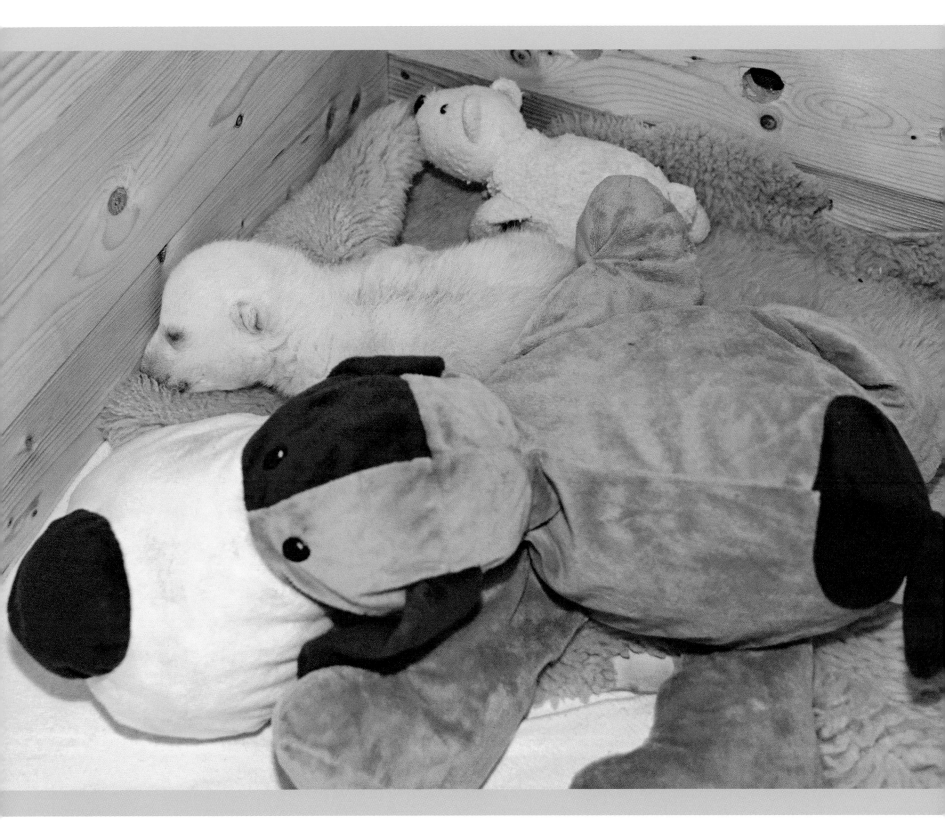

Knut toma leche de fórmula mezclada
con comida para gatos, almíbar de maíz
y aceite de hígado de bacalao.

Cuando Knut estuvo listo para mudarse a su cuna, tenía suficiente fuerza para arrastrarse con sus patas delanteras. Le encantaba jugar con sus juguetes de peluche y su manta. Un mes después, dio sus primeros pasos, algo indeciso, apoyado en las cuatro patas. Una semana más tarde, comió su primera cena, servida en una fuente, de leche mezclada con comida para gatos. Thomas y André rieron al ver que buena parte de la comida terminó en el suelo y el pelaje de Knut y que muy poco había entrado en su panza. Pero él lo pasó en grande. Después de eso, Knut recibió su primer baño en una bañera pequeña. Allí también se divirtió en grande. Para Knut, cualquier cosa era una oportunidad para revolcarse y jugar.

¡La hora del baño de Knut!

A Knut le encanta explorar.

Un cálido día de marzo, cuando Knut había cumplido ya los tres meses, Thomas lo llevó afuera por primera vez. Knut exploró animadamente cada rincón del área de juego, pero nunca se alejó de Thomas. En el corral de arena, Knut descubrió dos cosas: la primera, que la arena no sabe bien, y la segunda, que la arena sirve para revolcarse. Cuando se sacudió, la arena voló por todo el lugar.

Criar a Knut le daba muchas satisfacciones a Thomas, pero no siempre era fácil. Una noche, Knut salió de su cuna y despertó a Thomas golpeándolo en la cabeza. Era la primera vez que Knut se salía por su cuenta. Después de eso, Thomas siempre cerraba la cuna por las noches. A veces, Knut le demuestra su afecto a Thomas tirándole del pelo con fuerza. Thomas le deja saber en esos momentos que prefiere que le lama la cara o que se toquen las narices como acostumbran a hacerlo los osos polares.

Después de jugar, Knut termina agotado.

Los encargados del zoológico por fin decidieron que Knut estaba sano y fuerte y que podía ser visto por el público. Anunciaron que el 23 de marzo, Knut y Thomas aparecerían por dos horas. Pero una semana antes del gran día, un periodista informó que alguien había dicho que Knut no debió haber sido rescatado cuando su mamá lo rechazó porque en estado salvaje, si a un osezno le ocurre eso, no lo rescata nadie. Los admiradores de Knut quedaron asombrados y, por toda Alemania, la gente expresó su apoyo a Knut, Thomas y el Zoológico de Berlín. La noticia de lo que había dicho esa persona y la reacción del público recorrieron el mundo entero. De la noche a la mañana, Knut se había convertido en una celebridad internacional.

Miles de sus admiradores fueron al zoológico la mañana del 23 de marzo. También había quinientos periodistas para reportar la primera aparición de Knut. Había reporteros y visitantes de todo el mundo. Cuando Thomas y Knut salieron de la habitación, la muchedumbre estalló de júbilo, como si se tratara de una estrella de cine.

Knut puede ser pequeño, pero se mueve rápidamente.

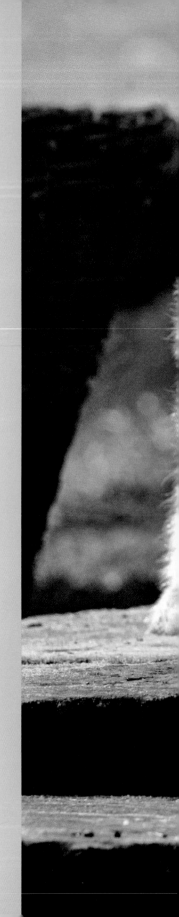

Para Thomas, que es más bien tímido, la fama resultó ser un tanto difícil, pero hizo un esfuerzo para ignorar a los visitantes y poner toda su atención en Knut. Y lo único que Knut quería hacer era jugar. Así que Thomas y Knut jugaron a tirar de la manta verde de Knut. Después, Knut se subió a unas piedras y luchó con su pelota. Todos quedaron encantados.

Día tras día, el zoológico se llenaba de gente que quería ver a Knut. A medida que los visitantes se encariñaban con Knut, muchos comenzaron a pensar en los osos polares salvajes. Puesto que la temperatura está aumentando en todo el planeta, las regiones polares donde viven estos osos cada vez son más pequeñas. Algunos científicos creen que los osos polares podrían extinguirse en las próximas décadas. Muchos de los nuevos amigos de Knut se han dado cuenta de que el mundo puede perder algo muy valioso y han comenzado a averiguar qué se puede hacer para prevenir que eso suceda.

Después de jugar, ¡Knut parece más un oso pardo que uno polar!

Cuando comenzaron a salirle los dientes a Knut, Thomas pasó la noche al lado de su cuna para que no se sintiera solo.

Resulta muy difícil no rendirse ante el espíritu juguetón y la simpática manera de andar de Knut. Tanto es así, que llegó a recibir hasta treinta cartas al día. Gente de todas partes le envió poemas y mensajes de amistad. Niños que eran demasiado chicos para escribir, le enviaron dibujos. Todos querían que Knut supiera lo felices que se sentían al verlo.

Un día, los visitantes se preocuparon cuando vieron que en lugar de jugar, Knut se acostó en el suelo y se cubrió los ojos y el hocico inflamado con las patas. Durante algunos días, Knut y Thomas no volvieron a aparecer en público. ¿Se había enfermado Knut? Resulta que como le estaban saliendo los dientes permanentes, a Knut le dolía la boca. Thomas hizo que se sintiera mejor con masajes en las encías y permitiendo que se acostara a su lado. Al poco tiempo, Knut estaba de vuelta, tan divertido y lleno de vida como siempre.

Knut y Thomas intercambian besos de oso polar.

A todos los osos polares les gusta el agua, pero los osos adultos les tienen que enseñar a nadar.

A Thomas le gusta más estar a solas con Knut que enfrente de tanta gente. Cada mañana, antes de que el zoológico abra las puertas, Thomas lleva a Knut a dar un paseo por el zoológico. Fue durante uno de estos paseos que Thomas le dio a Knut su primera lección de nado. A Knut ya le gustaba chapotear en el agua panda, pero cuando Thomas se sumergió en un pozo profundo e instó a Knut a que lo siguiera, este dudó. Entonces, Thomas lo animó pacientemente, hasta que Knut saltó al agua. Al poco tiempo, Knut estaba nadando como cualquier oso polar, chapoteando con sus patas delanteras y usando las traseras para cambiar de dirección.

Al igual que las mamás oso, Thomas está pendiente de que Knut se porte bien. Si Knut se impacienta antes de la hora de comer y mordisquea todo lo que encuentra, Thomas le advierte, "¡Nein, nein!" ("¡No, no!"), hasta que Knut deja de hacerlo. Por lo general, Knut obedece. Cuando Thomas lo llama, "Knut, komm!" ("¡Knut, ven!"), Knut corre hacia él.

Cuando Knut se porta mal, Thomas lo corrige con cariño pero también con firmeza.

Knut es tan curioso que juega con cualquier cosa.

Knut crece y se hace más fuerte cada día. Cuando Knut tenga un año, va a ser tan grande que podría hacerle daño a Thomas sin querer. Thomas y Knut estarán juntos todo el tiempo que puedan. Thomas siempre estará involucrado en el cuidado de Knut hasta que Knut esté listo para independizarse. Los osos polares adultos pasan la mayor parte del tiempo a solas, así que Knut no va a sentirse mal cuando Thomas deje de acompañarlo a diario. Y Knut siempre será muy especial para Thomas.

Para Knut no hay nada mejor que estar al lado de Thomas.

Y esa es la historia de Knut, el oso que logró sobrevivir y crecer gracias al amor que le brindó su papá adoptivo, Thomas, y el apoyo del Zoológico de Berlín. Knut ha dado alegría a millones de personas en todo el mundo, pero lo más importante de todo es que este pequeñín ha influido en la vida de muchos. Knut puede ser solamente un osezno polar pequeñito, pero nos inspira a hacer todo lo que sea posible para ayudar a los osos polares salvajes. Juntos podemos hacer pequeñas obras que producirán grandes cambios. Si todos ponemos nuestro granito de arena para salvar el hábitat natural de los osos polares y el hábitat de todas las especies en vías de extinción, la historia de Knut tendrá un final muy feliz.

MÁS SOBRE LOS OSOS POLARES...

Cómo son

Los osos polares se pueden mantener calientes en temperaturas heladas. Su pelaje grueso les cubre todo el cuerpo, excepto la punta de la nariz y la planta de las patas. El color blanco amarillento de su pelaje los ayuda a camuflarse en la nieve y el hielo que los rodea. Debajo del pelaje tienen más protección contra el frío: una capa de grasa de entre tres y cuatro pulgadas de grosor. Las orejas pequeñas y la cola corta también los ayuda a prevenir la pérdida de calor. Las patas gigantes y parcialmente palmeadas les sirven para caminar por el hielo y nadar en el agua helada.

Los osos polares adultos son mucho más grandes que Knut. Las hembras pueden pesar de 300 a 700 libras y los machos, de 700 a 1.600 libras, ¡casi tres veces más que un león!

Qué comen

A los osos polares les gusta comer carne, sobre todo carne grasosa. Ellos necesitan consumir un promedio de cuatro libras y media de grasa cada día para sobrevivir. En estado salvaje, su alimento principal son las focas. En lugar de intentar cazarlas en el océano, esperan pacientemente al lado de aquellas aberturas en el hielo marino por las que las focas salen a respirar. Los osos pueden oler a las focas desde una distancia equivalente a diez canchas de fútbol y a través de tres pies de hielo. Su sentido del olfato es tan bueno que alguna gente llama a los osos polares "narices con piernas".

En familia

Muchos osos hibernan, pero los osos polares no lo hacen. Solamente las madres que acaban de parir y sus crías pasan un tiempo prolongado en sus guaridas. Una hembra preñada cava un túnel en la nieve para construir una cámara oscura y privada en la que se acuesta para parir. Las hembras suelen tener entre uno y tres oseznos, y se quedan con ellos en la guarida hasta ocho meses. Durante ese tiempo, la madre no come nada; sobrevive gracias a su reserva de grasa. Las madres se quedan con sus oseznos de uno a tres años, hasta que ellos pueden cazar por sí mismos.

Dónde viven

Los osos polares viven en espacios abiertos en el Ártico. Se desplazan de Alaska a Rusia y de Canadá a Groenlandia. En el hemisferio sur no hay osos polares.

El nombre en latín para oso polar es *Ursus maritimus*, que quiere decir oso marino. El nombre es perfecto porque a los osos polares les encanta nadar y pasar mucho tiempo en el agua. A veces, se alejan de la costa sobre pedazos de hielo flotantes que se conocen como témpanos. Los osos polares pasan casi todo el tiempo encima de capas de hielo que cubren el mar porque este es el mejor lugar para cazar focas.

EL PEOR ENEMIGO DE LOS OSOS POLARES

Los osos polares salvajes no tienen predadores naturales. Los científicos opinan que el peor enemigo de los osos polares es el calentamiento del planeta, que es el cambio climático ocasionado por los gases que producen, entre otros, los autos que conducimos y el carbón que quemamos. Estos gases atrapan la luz en la atmósfera terrestre, y esto hace que aumente la temperatura en la superficie de la Tierra y de los mares.

Las investigaciones científicas muestran que el hielo permanente del Ártico ha disminuido en un 9,8% cada diez años desde 1978. El hielo empieza a derretirse en la primavera mucho antes de lo que lo hacía antes, y se demora más en congelarse en el otoño. Esto quiere decir que las zonas donde los osos polares cazan se están achicando y, por ello, su temporada de caza se ha hecho más corta.

Aunque nadie sabe exactamente cuántos osos polares viven en estado salvaje, los científicos han visto menos osos y oseznos en los últimos años. La caza se ha hecho más difícil para los osos polares y la gente ha notado que no son tan grandes como solían ser. Expertos de Canadá descubrieron que los machos de ahora pesan 150 libras menos que los de hace 30 años. Algunos científicos dicen que si el calentamiento sigue a este ritmo, los osos polares desaparecerán en las próximas décadas.

El hielo del océano Ártico se está reduciendo.

CÓMO AYUDAR

Todavía estamos a tiempo de detener el calentamiento del planeta, y tú, tu familia y tus amigos pueden ayudar. Abajo te damos algunas ideas para ayudar a que los osos polares no corran peligro:

- **Lee más** — En la página en inglés y alemán www.respect-habitats-knut.org puedes encontrar mucha información sobre el programa de protección ambiental del Zoológico de Berlín.

- **Monta en bicicleta o camina** — En lugar de ir en auto, ve en autobús o en tren, ¡o utiliza las piernas! Si debes viajar en auto, no vayas solo.

- **Recicla** — Vuelve a usar las botellas de agua, escribe en los dos lados del papel y recicla siempre.

- **Planta un árbol** — Los árboles reducen la cantidad de gases nocivos que hay en el aire.

- **Conserva energía** — Apaga las luces cuando salgas de una habitación. Pide a tus padres que bajen la temperatura de la calefacción en invierno y que en verano utilicen un ventilador en lugar de aire acondicionado.

- **¡No te calles!** — Habla con tus amigos, tu familia y tus maestros acerca del calentamiento del planeta. Juntos podremos proteger el medio ambiente, no solo para nuestro bien, sino también para el de osos como Knut.

Fuentes consultadas

Polar Bears International. www.polarbearsinternational.org

U.S. Environmental Protection Agency www.epa.gov/climatechange/

"Arctic Sea Ice Melting Faster, a Study Finds" de Andrew C. Revkin. *The New York Times*, 1 de mayo de 2007.

"Feeling the Heat" de Kathryn R. Satterfield. *Time for Kids*, 12 de enero de 2007.

"Polar Bear," *Encyclopedia Americana*, Grolier Online, 4 de mayo de 2007.